Los loros no lloran

Primer Premio Sección Teatro, Juegos Florales, México,
Centro América, El Caribe y Panamá, Quetzaltenango,
Guatemala - Noviembre 1994

p.
862
C921 Crespo de Britton, Rosa María
        Teatro / Rosa María Crespo de Britton. - Panamá:
    Universidad Tecnológica de Panamá, 2011.
        182p.; 21cm.

    ISBN 978-9962-676-23-2

    1. LITERATURA PANAMEÑA – TEATRO
    2. TEATRO PANAMEÑO I. Título.

TEATRO

Portada: Pintura por Brooke Alfaro
           de la Colección privada del Dr. Eduardo Morgan.

Hecho el Depósito de Ley.

Impreso en el Departamento de Imprenta de
la Universidad Tecnológica de Panamá
Ciudad de Panamá, República de Panamá

Universidad Tecnológica de Panamá
Apartado postal 0819-07289, El Dorado
Panamá, República de Panamá

"Los loros no lloran"
Forma parte del libro Teatro de la Dra. Rosa María Britton
publicado por la Universidad Tecnológica de Panamá, 2011.

LOS LOROS NO LLORAN

PERSONAJES

ROSAURA FONSECA: Cincuentona atractiva, dominante.

ALBERTO CASTILLO: Padre de familia, de carácter débil, alcohólico.

GLORIA CASTILLO: La hija menor, rebelde, independiente, bien parecida.

LAURA CASTILLO: La hija mayor, amante del coronel, muy hermosa.

ALBERTO JR "BETITO": El hijo del medio, un vividor, simpático, un perfecto sinvergüenza.

BENILDA: Fiel empleada de la familia Castillo.

TENIENTE CORONEL ROLANDO "PILLE" PÉREZ CAMARGO: Amante de Laura, cuarentón, algo gordo, apariencia repelente.

LUGAR: En un apartamento de lujo en la ciudad de Panamá. Un banco en el parque Urracá.

ÉPOCA: Entre 1988 y 1990

ACTO I

Música de rock llena el ambiente. Al levantarse el telón, estamos en la sala del apartamento de la familia Castillo, una noche de septiembre de 1988. Muebles de lujo, lámparas grandes, un bar en una esquina, alfombras, cuadros, todo representa un ambiente caro con algo de mal gusto, bastante recargado, las flores de seda, los cuadros chillones, demasiados cojines en el sofá, la mesa de centro rellena de objetos. Una puerta a la derecha a foro lleva al resto del apartamento. Al lado izquierdo una puerta que da a la cocina. Atrás a un lado, dos escalones que dan al vestíbulo, también muy adornado. En la parte izquierda del escenario, separado de la escenografía del apartamento, una solitaria banca del parque Urracá, iluminada ocasionalmente por un farol. Cuando se abre el telón, encontramos a Gloria sentada en la alfombra apoyando la espalda en uno de los mullidos sillones, rodeada de libros y papeles regados por todas partes y un tocacintas. Viste pantalones largos una camisa por fuera, el pelo recogido encima de la cabera de cualquier manera. Por la puerta que da a las recámaras entra Doña Rosaura. Viste un elegante atuendo sedoso de color oscuro que le cuelga hasta el piso.

ROSAURA

Por Dios, Gloria, apaga esa música que me vuelve loca y recoge ya todos tus libros que tenemos visita.

GLORIA *(apagando el radio de malagana)*

Sí mamá, enseguida.

ROSAURA

No me explico la manía que has cogido con estudiar en media sala, regando libros por todas partes, con lo cómoda que estás en tu cuarto. Allí tienes de todo, escritorio, computadora, de todo.

GLORIA

Me ahogo entre esas cuatro paredes, mamá, con tanto cortinaje y las ventanas eternamente cerradas. Aquí, por lo menos el sol se cuela a través de las puertas de vidrio.

ROSAURA

No podemos abrir ventanas, ni quitar las cortinas, porque se escapa el aire acondicionado y se dañaría el termostato.

GLORIA

Ah, sí, el maldito termostato que regula nuestras vidas y el detestable aire acondicionado que arrulla nuestras noches y me reseca la piel. A veces, despierto angustiada, como si alguien me estuviera apretando la garganta hasta dejarme sin respiración y sé que es el termostato, empeñado en asesinar a todos los ocupantes de este lujoso apartamento.

ROSAURA

Cómo exageras y te quejas de todo... Antes era el calor que te ahogaba y ahora...

GLORIA *(interrumpiendo)*

No es correcto lo que dices: es verdad que antes me quejaba del calor cuando hacía calor. Eso es lo normal, vivimos en el trópico, mamá, pero en la casa vieja podía abrir ventanas, sentarme en el paño, o en la terraza, abanicarme a gusto, conversar con Pedro por horas. En cambio, en este palomar refrigerado, en esta perfecta temperatura veinticuatro horas al día, me ahogo, simplemente me enfermo.

ROSAURA

Bueno, bueno, basta ya de discusiones inútiles. Recoge tus cosas rapidito, que pronto llegará la visita. Benilda, Benilda, *(grita llamando a la empleada)* ven aquí.

BENILDA *(desde la otra habitación)*

Ya voy, Señora, ya voy.

Entra la empleada ataviada con un uniforme negro, con delantal de encaje cofia, parece salida de una película de los años cuarenta.

ROSAURA

Benilda, asegúrese que todo esté en su sitio y bien limpio. La mesa con los cubiertos y las copas en el orden que le enseñé y no deje que la cocinera se asome; anda muy mal vestida. Usted servirá toda la comida.

BENILDA

Sí, señora, entiendo. Estamos preparadas.

Rosaura sale de la sala rumbo a la recámara.

GLORIA *(Mirando a Benilda de arriba a abajo en son de burla)*

¡Qué bien te queda el disfraz, Benilda! Veo que estás lista para el carnaval. Te van a escoger reina de calle oscura...

BENILDA

Por favor, no me lo restriegue, señorita. Ya sé que parezco la cucarachita mandinga esperando novio.

GLORIA

Te ves absolutamente ridícula.

BENILDA

Su madre insiste que me ponga este atuendo cuando tenemos visita importante. Si por ella fuera, andaría vestida así todo el santo día y haciendo reverencias, señorita.

GLORIA

¿Y ahora a qué viene tanto señoriteo que has cogido conmigo? Tú siempre me has llamado por mi nombre. Te expresas como una mucama de comedia francesa. Solo te faltan los guantes blancos.

BENILDA

Su madre exige que la trate con respeto. Me ha llamado la atención por ser demasiado confianzuda, sobre todo con usted, a quien vi nacer, lo cual no me da —según ella—, el derecho de tutearla o tratarla como a la hija que, no he tenido, por quedarme de sirvienta en esta casa por más de veinte años. Si no fuera por usted, ya me habría ido de aquí hace mucho tiempo.

GLORIA

No comiences con tu cantaleta, Beni, no te vas para ninguna parte, a menos que salgas conmigo cuando me mude.

BENILDA

¿Y para cuándo será eso?

GLORIA

Cuando termine la carrera y consiga trabajo. No pienso quedarme en este palomar ni un minuto más.

BENILDA

Para entonces, ya estaré muerta y enterrada.

GLORIA

Mujer de poca fe, no seas antipática. Sólo me faltan dos años y entonces, querida Beni, volaremos bien lejos.

BENILDA

Dios te oiga, hijita, Dios te escuche.

Entra Rosaura.

ROSAURA:

¡Caramba! Ustedes conversando y la casa sigue en desorden y después se molestan si las regaño. Vamos, vamos recojan todos esos libros y pon la mesa enseguida.

> *Gloria y Beni Ida se afanan cumpliendo sus órdenes. Suena el timbre de la entrada y Benilda corre a contestar la puerta. Entra Laura.*

LAURA

Hola mami, qué elegante te ves... *(la besa en la mejilla)* ¿Cómo estas Gloria? Tenía días de no verte. ¿En dónde te metes, mujer? Te he llamado varias veces para invitarte a cosas y nunca apareces.

GLORIA

En la universidad estudiando. No todas las mantenidas a tiempo completo podemos estar como tú, disfrutando de la vida. Algunas hacemos esfuerzos para salimos de la cárcel que nos impone la dependencia económica.

LAURA

Serás tú la prisionera. Yo me siento libre todo el tiempo y feliz de poder gastar el dinero que me da la gana y no tener que darle cuentas a nadie. Deberías probarlo algún día.

GLORIA

¿De verdad que no tienen que darle cuentas a nadie, Laura?

ROSAURA

Ya está bueno, Gloria. Tú hermana llega y no tienes más nada que hacer que comenzar una discusión por cualquier tontería. Francamente estas insoportable. Dime Laura, ¿el coronel no vino contigo?

LAURA

Se retrasó algo en el ministerio. Las cosas andan muy enredadas desde que la gente no para de formar alboroto por cualquier causa. El pobre, está hasta la coronilla de trabajo, porque en realidad, no saben qué es lo que quieren esos revoltosos.

ROSAURA

Comprendo: debe ser difícil trabajar así, bajo presión, tratando de adivinar la posición del adversario, sobre todo cuando el contrincante no quiere escuchar razones. Bueno, estoy muy honrada que haya encontrado tiempo para comer con nosotros, con lo ocupado que está con tanta gente mala en soltura. Parecen estar empeñados en destruir el país. No se puede ir a ninguna parte en donde no haya una manifestación andando. Hijita, no acabo de entender a qué aspiran esa gente.

GLORIA

Nosotros aspiramos a que nos devuelvan la libertad y el país antes de que los militares lo destruyan. Aspiramos a que no nos correteen como ratas cada vez que salimos a protestar exigiendo justicia, con el derecho que nos concede la constitución y las leyes escritas.

LAURA

Ya veo que te has contagiado con la retórica barata que les venden en la universidad los malcontentos. ¿Cuándo vas a crecer, Gloria? Pon los pies sobre la tierra. Si no fuera por los militares, a este país se lo hubieran llevado los gringos en pedazos hace rato. ¿Quién crees tú que los obligó a respetarnos? No fueron los universitarios, ni tampoco los políticos de antes, que andaban siempre en componendas con Washington para salvar sus intereses. Fueron los militares, con el difunto General Torrijos a la cabeza los que le empujaron los tratados, obligando al gobierno americano a firmar y el Canal será nuestro en el año 2000. Ahora, se ha puesto de moda atacar a los militares inventando que todos son narcos, para restarle credibilidad al gobierno. El general Noriega lo señaló clarito en su último discurso: hay que estar alerta contra el enemigo que tenemos en nuestro medio.

GLORIA

Tú te has tragado enterita toda la propaganda de los milicos, parece mentira. Así que debo poner los pies sobre la tierra como tú, ¿verdad? ¿O por qué no mejor sobre la cama? La cama da más dividendos. Y por favor, no me menciones más a tu General y su último discurso en donde nos amenazó con que vendrían otros peor que él si lo obligaban a retirarse. Habráse visto ese descaro, reconoce que es un malvado y que tiene subordinados peor que él.

LAURA

Me provoca darte un buen pescozón por atrevida. Tus insultos me tienen sin cuidado, Gloria. Si no fuera por mis pies sobre la cama como tú dices, ¿en dónde estaría esta familia?

GLORIA

En la casa vieja en San Francisco, con Pedro gritando sus barbaridades en el patio y las ventanas abiertas al sol y a la brisa del atardecer, libres de esta pesadilla.

ROSAURA

¡Basta ya, Gloria, vete a tu habitación! Si no puedes ser amable con tu hermana es mejor que te encierres a estudiar. Benilda, llévele a la señorita un plato de comida a su cuarto.

Gloria sale veloz cargando sus libros rumbo a la recámara y se cruza sin saludar a su padre ni a Betito que entran conversando.

BETITO

¿Y a esa que la aflige ahora? Lleva aires de pelea.

ROSAURA

Es el novio que tiene, el tal Rory Bermúdez. Le llena la cabeza de tonterías revolucionarias, como si la juventud tuviera la capacidad real de apreciar la situación del país. Para ellos andar de manifestación en huelga es una especie de moda, una diversión y me preocupa bastante. Ya el Coronel me informó que la han visto en un montón de marchas civilistas y me temo que la tienen fichada. Si no fuera por él... Temo que algún día me anuncien que se la han llevado presa por revoltosa.

ALBERTO

Rory es un buen chico; conozco a su familia, una gente muy decente y no creo que trate de hacerle mal. Gloria está pasando por una fase de rebeldía, como todos los jóvenes a esa edad, nada importante, todo lo cogen tan a pecho, es la juventud que les da ímpetu de querer cambiar el mundo, como si eso fuera posible. Ni Jesucristo pudo. *(Se acerca a Laura abrazándola)* ¿Cómo estás mi hijita? ¿Y el coronel?

LAURA

Demorado en el ministerio, pero creo que ahorita viene y a lo mejor trae al ministro con él, no estoy segura. Papi, te pido por favor que no le hables de tu ascenso hoy. Será mejor darle unos días más de respiro, las cosas están algo difíciles, todo anda bastante complicado y Pille no quiere botar a nadie por ahora.

ALBERTO

Si no lo crees conveniente...

ROSAURA

No digas tonterías, Alberto. Hay que pegar sobre caliente y por delante. Si no le decimos nada, va a creer que no nos interesa. Laura, tú sabes que tu padre está altamente calificado para ser director general de ingresos. Por algo fue contable en el Chase y de allí lo sacaron para que trabajara en el Banco Nacional cuando los tratados. Eso andaba bastante mal y fue él quien reorganizó todos los servicios bancarios. Sin embargo, no le dieron el puesto que merecía hasta que lo ayudó el Coronel. Ahora se merece un ascenso. El ministro lo sabe y se está haciendo el loco. Me alegro, que lo traiga a visitarnos. Ese muchachito arrogante, que aún está en pañales, necesita una directiva o dos y yo estoy dispuesta a dárselas. Benilda... acaba de poner la mesa ahora mismo.

Sale rumbo a la cocina

BETITO
Madre Coraje al ataque, a huir... Mejor que la amarren cuando llegue el ministro.

LAURA
Déjate de hablar locuras Betito y no la alborotes. Es capaz de cualquier grosería y Pille no está para conflictos con el ministro. Ese muchachito al que ella se refiere tan despectivamente es el que lleva el peso del ministerio ya que a Pille no le queda tiempo libre para hacer tanta cosa. El estado mayor esta reunido todo el tiempo, casi no lo veo.

BETITO
Y ¿cuál es la última crisis, hermanita? Cuéntame, soy todo oído.

LAURA
No te hagas el ignorante. Todos los días hacen una marcha que hay que dispersar, todos los días enfrentan con valentía una exigencia imposible por parte de los que se autodenominan civilistas sin tener idea del mal que hacen y además, tener la responsabilidad de que el país siga andando, tener que desmentir tantos infundios, tantas mentiras flotando en el ambiente. Cierta gente en este país se está volviendo loca, absolutamente loca. Y los gringos abanican a cuanto sedicioso salta al tapete para mantener sus intereses imperialistas vivos. Esto está clarito.

BETITO
Como dice la canción, el cielo se ha puesto negro, Facundo y cada cual tira por su lado. Pero si yo fuese militar en el poder, hace rato que habría puesto orden. La gente únicamente entiende el lenguaje de la fuerza. No se puede andar con contemplaciones.

LAURA
Me alegro que no tengas mando, eres demasiado radical. Para lidiar con estos problemas hay que tener mucha mano izquierda, mucha diplomacia.

ALBERTO
El que manda manda, aunque mande mal, decía mi abuelo.

LAURA

Ay, papá. ¡Déjate de clichés! Las cosas han cambiado demasiado en los últimos meses y la realidad es otra.

Los tres se acomodan en la sala. De la nada aparece Benilda con una bandeja con las bebidas favoritas de cada cual que conoce de memoria.

ALBERTO *(tomándose el trago de un solo empujón)*

Benilda hace los mejores martinis del mundo. Debería estar contratada en algún hotel de lujo. *(Le extiende la copa)* Otro más, bella doncella.

BENILDA

Lo siento, señor, uno es su límite, le puede hacer daño.

ALBERTO

Benilda, déjate de pesadeces y sírveme otro.

BENILDA

Ordenes de la señora, un martini por día, sobre todo hoy que tenemos invitados.

ALBERTO *(algo molesto)*

Bueno, bueno, ahora, hasta la cola menea al perro. Entre esas dos mujeres quieren dominarme como si fuera un chiquillo. Dame el maldito trago y no me jodas más.

BENILDA

El señor puede insultarme todo lo que le parezca, pero prefiero aguantarle sus palabrotas y no los regaños de la señora. *(Sale dejándolo con la palabra en la boca).*

BETITO

Beni tiene razón, papá, con el trago, a veces se te va la lengua, y no estamos para sincerarnos con nuestro cuñadísimo.

ALBERTO *(indignado):*

¿Et tu Brutus?

LAURA

Déjate de latinazgos papá, Betito tiene razón. Cada vez que te tomas un trago te da por hablar de política a favor de la oposición y ahorita no conviene remover cosas desagradables.

ALBERTO (*pomposamente ofendido*) Ustedes pretenden que meta la cabeza en la arena y no vea, no oiga, no hable, como si fuera un avestruz, pues no lo voy a hacer. Si al coronel le molesta unas cuantas indicaciones que le haga de buena voluntad, por la larga experiencia que tengo y que pueden ayudarlo en algo en estos momentos difíciles, es mejor que me retire y encárguense ustedes de esta fiesta.

Entra Rosaura de la cocina mientras Alberto está hablando.

ROSAURA

¡Por Dios, Alberto, déjate de necedades! No trates de convertir una simple cena familiar en un debate político. El coronel seguramente no necesita de los consejos de alguien como tú, que se juma con medio trago. Ya veo que estas tomando y enseguida empiezas a hablar tonterías. Benilda... (a todo grito) le dije que no le sirviera ni un solo trago.

BETITO

Vamos mamá, no le tires tan duro al viejo.

ALBERTO (*como hablando consigo mismo*)

Un trago, solamente un miserable trago y ya se supone que me estoy cayendo borracho, que no se nada de nada, que no puedo opinar, yo que he sido testigo de la historia republicana de este país, que he manejado tanto dinero...

BENILDA (*entrando de la cocina*)

¿Llamó la señora?

ROSAURA

¿Usted no entendió cuando le dije clarito que no podía servirle otro trago al señor?

BENILDA

Un martini solamente señora, eso fue lo que usted ordenó y eso fue lo que le serví. Debe haber venido "alegre" de la oficina. Él siempre llega así del trabajo.

ALBERTO

Me reclaman un miserable trago y para colmo, mal hecho... Así no se puede vivir.

LAURA

Bueno, bueno, basta ya, mamá. Les aseguro que Pille está muy pero muy agobiado con la situación actual y aquí no viene para que le recuerden el asunto, sino para relajarse. El pobre, ya no sabe que hacer ni cómo actuar. Un día tiene que salir corriendo para la universidad, el otro para calle cincuenta; llega apestando a gases lacrimógenos, cansado, sudado, de muy mal humor. La reserva de perdigones se está agotando y a lo mejor tienen que usar balas de verdad como insisten algunos, lo que no le hace ninguna gracia. Los sediciosos no tienen idea lo difícil que se le hace calmar los ánimos dentro del cuartel. A nadie le gusta ver sangre. Desde junio del año pasado, no para un minuto y sospecho que esto va para largo.

BETITO

Pues sí; la gente está alborotada. Le creyeron todas las locuras al Coronel arrepentido, el tal Díaz Herrera, que alboroto el congo de avispas con sus acusaciones de fraude en las elecciones del ochenta y cuatro y todo el resto. No me quiero acordar del mes de junio del año pasado. En el ministerio no se trabaja desde entonces. Un día hay que salir a marchar en contra de los gringos, el otro, a concentraciones políticas a favor del General, al siguiente una manifestación en apoyo del gobierno, una locura.

LAURA

Debemos ponernos de acuerdo de que se va a hablar durante la cena. Me costó convencer a Pille que viniera a esta casa ya que el resiente bastante las pullas de Gloria y las exigencias de ustedes.

ROSAURA *(indignada)*

Entonces, que no venga. Jamás, que yo recuerde, se le ha solicitado algo fuera de su alcance. Otras madres se hubieran opuesto a esta relación entre ustedes, una relación con la que no tuve nada que ver, ya que inocentemente creí que se casaría contigo, como era su deber.

Pongo a Dios como testigo que de esta casa te sacó en contra de mi voluntad y lloré mucho, sí, pero acabé por resignarme al pensar que era lo mejor para ti. Lo que ha hecho por nosotros, lo merecemos.

BETITO
Tu bello cuerpo por nuestra seguridad, justo cambalache.

LAURA
¡Cállate, Betito, hasta que mareas con tus idioteces! No te exaltes, mamá, no tienes por qué repetir las mismas quejas que ahora que no vienen al caso, ni armar una tragedia griega, pero tienen que hacer un esfuerzo para entender la posición de Pille.

Se pasa todo el día rodeado de pedigüeños, o correteando a sediciosos, aguantando insultos, es cosa de no acabar.

BETITO
Ahora quiero hablarte en serio, hermanita. El puesto de jefe de personal quedo vacante y esa posición me interesa. Al que estaba allí lo botaron, porque su familia anda tocando pailas y batiendo pañuelos blancos por todas partes y yo fui quien alerto a las autoridades del asunto. Con una recomendación de Pille, basta para que me den esa oficina. Ellos necesitan gente que sea fiel a la causa y yo puedo servirles mucho.

> *Todo este tiempo Benilda ha permanecido en medio esperando órdenes y es la única en percatarse de que Gloria sale de su cuarto y se va pidiéndole silencio con un gesto.*

LAURA *(prendiendo un cigarrillo nerviosamente)*

Sí, sí, te entiendo, pero vuelvo y repito, Pille necesita un descansito de tanta vaina. No tienen idea cómo lo persiguen aún esos que tocan pitos y pailas durante el día; de noche, llegan a escondidas rogando que no se les destituya de sus puestos, que un primo está preso y necesita ayuda, que a un hijo lo acusan injustamente, etc. etc. Es bochornoso.

ALBERTO
Un solo traguito y ya creen que estoy borracho, *(se acerca al bar y se sirve de cualquier botella un trago que empina sin que el resto se percate)* claro, no

quieren oír los errores que han cometido, no les interesa la verdad, *(se echa otro trago a la garganta, Benilda se percata de sus acciones y se le acerca mientras el resto sigue discutiendo),* no les interesa dialogar ni encontrar soluciones.

ROSAURA

Y no es solamente a él que se le pegan, hija. No hay día que pase que alguien no llame a esta casa pidiendo favores, vergüenza les debía dar.

BETITO

La gente se ha acostumbrado a eso. Como en los tiempos de los emperadores romanos, dime a quien conoces y te diré a qué puedes llegar. Por el menor problema local, cierran las calles exigiendo la presencia de los militares a los que dicen odiar, pasando por encima de las autoridades civiles supuestamente responsables del buen funcionamiento del gobierno.

BENILDA *(habla entre dientes para que el resto no la oiga, tratando de arrebatarle la botella a Alberto que se prepara para servirse otro trago)*

Señor Alberto, por favor, déjese de eso.

LAURA *(percatándose de la situación):*

¡Ay, Papá... suelta la botella!

ROSAURA

Alberto, carajo... está bueno ya.

Los tres se abalanzan sobre Alberto cuando suena el timbre de entrada y Benilda se apresura a abrir la puerta y todos se acomodan en el sofá sujetando a Alberto. Entran los dos guardaespaldas del coronel que sin saludar revisan toda la casa y terminada la inspección salen y entra el coronel.

CORONEL PILLE

¿Qué hay de comer? Vengo muerto de hambre.

LAURA *(abrazándolo)*

¡Ay, mi amor!, qué bueno que pudiste salir temprano del ministerio. Debes estar cansadísimo. ¿Y el ministro no viene?

CORONEL PILLE

No, se quedó en el ministerio, tenemos problemas con la planilla de los empleados públicos. Falta de liquidez.

ROSAURA

Mi coronel, póngase cómodo, está en su casa. Enseguida servimos la comida que va a ser de su gusto. Benilda, trae el seviche.

BETITO

Oye cuñado, tengo algo que hablarte urgente; ese Ministerio de Hacienda va bien mal. Hay una cantidad de sediciosos que da miedo. Ya es hora de hacer barrería y cuando te decidas te tengo la lista preparada de los malcontentos.

CORONEL

¿Seviche de corvina? espero que este muy picante y quiero una cerveza bien fría.

ALBERTO *(se levanta, tambaleándose)*

Coronel, déjeme darle un buen consejo: la falta de liquidez se debe a mala administración. Si ustedes siguen como van, dándole palos a todo el mundo, quedándose con todo el dinero del país, sus días están contados. El pueblo no aguanta más.

LAURA y BETITO

Papáaa...

> *Se oscurece la escena, pero aún se puede ver el movimiento en la sala, Betito arrastra al viejo hacia el cuarto mientras el resto se prepara para sentarse en la mesa. Se ilumina una esquina del escenario en donde hay una banca del parque Urraca. Allí espera ansiosamente Rolando cuando llega Gloria corriendo. Se abrazan.*

ROLANDO

Ya estaba preocupado por tu tardanza. Dijiste que llegarías a las siete y son las siete y media.

GLORIA

No me reclames. Tuve problemas con mi familia y por eso llego algo tarde, y para colmo, mi carro no quería funcionar. El motor hacía unos ruidos muy extraños, finalmente pude arrancar.

ROLANDO

¡Qué raro que tengas problema con tu familia! Eso es el pan nuestro de todos tus días, ya me acostumbré. ¿Quién fue ahora, tu madre, la coronela, tu hermano?

GLORIA

No me mortifiques, Rory, y por favor, no te metas con mi familia. Las cosas no andan bien y no quiero hablar de ellos. Dime, ¿hay alguna película de acción en la cartelera? Tengo ganas de perderme en la oscuridad de un cine, comiendo *popcorn,* tu brazo sobre mis hombros y frente a mí, las hazañas de héroes míticos que jamás sangran, ni sufren de verdad y al final de la película todo el mundo queda bueno y sano, por muchos golpes que se den.

ROLANDO

Si sigues tratando de tapar el sol con un dedo, te veo mal, Gloria. Es mejor enfrentar los problemas que tenemos para tratar de resolverlos antes de que nos vuelvan locos.

GLORIA

¿Es que no te has dado cuenta de que ya estoy muy mal? En la universidad, cualquier estúpido se atreve a hacerme una grosería, nadie se sienta a mi lado, me tuercen los ojos, hablan a mis espaldas, poco les falta para tocar pailas a mi paso. En casa me peleo con mamá, mi hermana jura que le quiero sacar los ojos por lo del coronel, hasta Benilda no encuentra palabra amable, ella que era tan ecuánime.

ROLANDO

No hay que hacerles caso a los que te critican sin razón, no saben lo que hacen.

GLORIA

Eso mismo dijeron de los que crucificaron a Cristo... y que conste, que no me quiero hacer la mártir, pero ya estoy harta de tanta persecución.

ROLANDO

Perdóname, no quise alterarte, ni recriminarte nada, debe ser porque mi vida tampoco anda bien.

GLORIA

No me digas que a ti también te ha tocado algo de la resaca por andar con la hermana de la querida del Coronel Pérez Amaro... ¿Qué te ocurre?

ROLANDO

Lo mismo de siempre, a unos amigos se los llevaron presos esta semana y nadie sabe nada de ellos, la universidad cierra un día sí y otro no y jamás terminaré la carrera si seguimos así. Y para colmo, los antimotines en cada esquina provocándole a uno instintos asesinos, hay que soportar al presidente de turno hablando baboseadas y el General, siempre el general, blandiendo sables, amenazando a todo el que se le atraviese... Es un cretino armado hasta los dientes, muy peligroso.

GLORIA

No me cuentas nada nuevo y no sé por qué te alteras ahora. Ya debíamos de estar acostumbrados al olor de los gases lacrimógenos, al andar recelando de todo y de todos. Hemos aprendido a odiar. Pero lo que más me molesta es la actitud intransigente de cierta gente, esa misma gente que hace pocos años andaba buscando favores por todos los cuarteles y que ahora, algo tarde, han encontrado su conciencia y quieren hacerse más civilistas que nadie.

ROLANDO

Es que las cosas han cambiado mucho y cada cual tiene el derecho de encontrar su conciencia en algún momento. Los panameños creíamos que teníamos la libertad para protestar y nos ha cogido de sorpresa esta represión armada. Claro, en tu condominio de Punta Pastilla, protegida por tu cuñadísimo, no te enteras de la mitad de lo que está pasando, sufres poco. Allá arriba no debe llegar el olor de los gases.

GLORIA

¿Y tú también me vas a atacar por ser quién soy? Será mejor que me vaya. Dejemos el cine para otro día.

ROLANDO *(abrazándola)*

Perdóname, mi vida. Esta maldad que nos rodea poco a poco va socavando hasta los cimientos de amistades, del país mismo, cada cual tratando de asestar golpes y herir a alguien, aunque sea injusta la agresión. El hecho que tu familia esté tan cercana a nuestros verdugos te hace muy vulnerable y provoca agresión, al no poder descargar nuestra rabia personalmente con uno de ellos.

GLORIA

Tú no sabes cuán injusta puede ser esa gente a la que te refieres. Carmela Hidalgo, que fue mi compañera de salón durante toda la secundaria y cuyo padre era ministro de algo durante los tiempos de Torrijos, ayer me la encontré en la universidad y cuando fui a saludarla por poco me escupe. Quedé petrificada, sin saber que hacer para evadir sus insultos discretamente, una escena muy pero muy desagradable. No sabes cómo quisiera poder salir huyendo de aquí y no regresar nunca más a este país.

ROLANDO

No digas eso, Gloria. ¿Es que ya no me quieres? Pensé que deseabas como yo casarnos algún día, cuando todo esto pase. Esa es la solución de los cobardes, salir huyendo del país. Hay mucha gente emigrando a Canadá ahora mismo.

GLORIA

Ya perdí toda esperanza de que las cosas cambien. Son tantos y tantos años de lo mismo, acuérdate que nosotros nacimos con la revolución y todas nuestras vidas han transcurrido dominadas por militares. Es verdad que no lo notábamos cuando éramos niños, ni de adolescentes, porque no conocíamos algo distinto. En la secundaria nos daba un ataque de risa en clase de cívica cuando la monja preguntaba si sabíamos quién era el presidente de Panamá, tuvimos como cuatro en dos años, una locura, y todos contestábamos al unísono el nombre del General de turno y la monja se molestaba mucho.

ROLANDO

Yo me reía de mi abuelo, con su necedad de mencionar los tiempos pasados, hablando de liberales y conservadores, el presidente Porras, Domingo Díaz y todos esos presidentes de antaño cuando según él, todos eran honrados y buenos gobernantes, lo que me parecen chocheras de viejo. Como dijo el poeta, cualquier tiempo pasado fue mejor. Si lo vieras, no se pierde marcha civilista, todos los días se va a la calle a batir su pañuelito, mamá esta asustadísima que un día lo traigan muerto y vive regañándolo no vaya a ser que a papá lo boten de su trabajo en el ministerio por sus actividades.

GLORIA

Ya lo ves, estamos todos atrapados por la misma red, ¿verdad? Atrapados por el trabajo que necesitamos para sobrevivir, por los años de dictadura, por el apego a lo que tenemos y el terror a perderlo, estamos atrapados por el miedo.

ROLANDO *(abrazándola nuevamente mientras se oscurece la escena)*

Atrapados por el miedo...

Escena Dos

Esa misma noche en casa de los Castillo, después de cenar. Todos están sentados en la sala excepto Alberto a quien han obligado a acostarse.

CORONEL CAMARGO

Excelente comida Doña Rosaura la felicito, todo estuvo de primera.

ROSAURA

No es nada, coronel, nada. Usted se merece eso y mucho más. ¿Le apetece un cordial, un cognac? Benilda, trae los licores.

CORONEL CAMARGO *(levantándose)*

No gracias, mañana temprano tengo una reunión y ya me tome cuatro cervezas.

ROSAURA

Me imagino que tendrá asuntos importantes de estado, como están las cosas... Debe estar usted ocupadísimo, corriendo de aquí para allá, apagando fuegos, manteniendo el orden...

CORONEL

Más o menos.

BETITO

No molestes a Pille con tu preguntadera, mamá, *(acompañando al coronel hacia la puerta)*. Mañana voy al cuartel como a las diez con la lista prometida. A esos sediciosos hay que removerlos de sus puestos para que no causen más daño y acuérdate de mencionar mi nombre para jefe de personal en el ministerio.

LAURA

¿Regresas esta noche? Deja que veas las camisas tan bellas que te compre. Hoy me fui de tiendas todo el día.

> *El coronel sale sin contestar. Laura prende un cigarrillo. Benilda sale de la cocina con una bandeja y el cognac.*

ROSAURA

Benilda, guarda el cognac.

BETITO

Benilda, yo si quiero un cognac. Sírveme una copita.

ROSAURA

Benilda, guarda el cognac, el coronel ya se fue y él es el único que toma cognac en esta casa.

> *Benilda obedece y guarda la botella en el bar.*

LAURA

Tiene días de no venir a dormir a casa. Me tiene nerviosa con tanto ajetreo. No me atrevo a salir demasiado, permanezco encerrada y cuando logro pegar los ojos, tengo unas pesadillas horrorosas.

ROSAURA

Betito, no me dejaste hablar en toda la noche. Con tus bochinches ministeriales, no pude mencionar lo de tu papá. Quiero que entiendas que es importante que él consiga este ascenso. Tu padre no está bien, pronto tendrá que jubilarse y nos conviene que lo haga con una buena pensión.

BETITO

¿Y yo qué, quieres que me calle, mamá? Si no me acomodo ahora, me come el tigre. En ese ministerio todo es un quítate tú para ponerme yo y cada cual tiene un coronel al que arrimarse, no soy yo el único con influencias.

Todos comienzan a dar vueltas y más vueltas por la sala, cada cual hablando lo suyo sin escuchar al resto.

LAURA

Tiene días de no visitarme, algo importante está ocurriendo. Últimamente cuando lo llamo al cuartel, me cortan la llamada, me lo niegan y sé que a su casa no llega tampoco, no tengo quien me informe.

BETITO

Ese puesto me interesa, necesito más plata. Debo un pocotón en el casino...

ROSAURA

Papá ya no da más, han abusado de él demasiado, debiera jubilarse pronto, está tomando como antes, no lo puedo controlar...

LAURA

¿Habrá encontrado a otra? Esta muy raro últimamente, aún no me ha entregado la escritura del condominio a mi nombre que prometió hace meses...

BENILDA *(contemplándolos a todos, mientras se quita la copia de un tirón y se oscurece la escena)*

Atrapados en la locura final, sálvese quien pueda y yo, lista para el carnaval.

ACTO III

Gloria descansa en el sofá leyendo, mientras Benilda se afana limpiando la sala. A lo lejos se escachan gritos y algunas detonaciones de gases lacrimógenos, que las dos pretender ignorar.

GLORIA

¿Qué hora es?

BENILDA

Diez minutos más tarde que la última vez que preguntaste. No sé qué manía te ha dado por no usar el reloj.

GLORIA

¿Estás segura de que no me ha llamado nadie?

BENILDA

Desde que saliste del baño el teléfono no ha sonado.

GLORIA

¿Le habrá pasado algo? Me aseguró que iba a llamar a primera hora de la mañana. Andaba muy preocupado con lo del hermano que se llevaron preso ayer.

BENILDA

¿Y que andaba haciendo el hermanito?

GLORIA

Lo mismo que todo el mundo en la Universidad, sembrando

banderitas blancas en las esquinas y lo agarraron. Rory y yo logramos escapar y no te imaginas como corrimos, calle abajo con los malditos *doberman* detrás, pero logramos esquivarlos. Anoche, cuando Toño no llego a casa, supusimos que se lo habían llevado preso. Él iba mucho detrás de nosotros. No supimos qué hacer, decidimos esperar, ya que sus padres están en la playa desde hace una semana y no queremos alarmarlos.

BENILDA

¿Y cómo saben de seguro que Toño está preso?

GLORIA

Está preso. Se lo confirmaron a Rory unos que pudieron escapar. Él fue a reclamar al cuartel y no lo dejaron ni acercarse. Ahora está esperando que sus padres regresen para ir con un abogado. Tengo mucho miedo que le hayan hecho daño, esa gente está decidida a todo y no les importa con nadie.

BENILDA

Esa gente a las que te refieres anda tan asustada como todos nosotros. Es el miedo que lleva a los extremos.

GLORIA

Así debe ser bueno tener miedo, dueños de todas las armas y capaces de romperle el alma al que se meta con ellos. Si los hubieras visto, ensañándose con indefensos carros parqueados en la calle, rompiendo vidrios y vitrinas a toletazos, al no poder alcanzarnos. Parecían animales salvajes, arremetiendo contra todo lo que se pusiera en su camino.

BENILDA

Tienes que entender la mentalidad militar. Viven de la disciplina y el orden, cumplen sus obligaciones sin rechistar, sin cuestionar a sus superiores y este movimiento civilista constituye una violación a todas esas reglas por las cuales viven y mueren. No creo que tengan nada personal en contra de los manifestantes, simplemente agreden a los que rompen el orden establecido.

GLORIA

Vea pues, ahora eres experta en disciplina militar.

BENILDA

Es igual que cuando obedezco y me pongo el disfraz de mucama que me ordena su madre, igualito. Tengo que vivir, necesito el salario que me pagan y cumplo órdenes, aunque estén en contra de mis deseos personales.

GLORIA

¡Ay, por favor, Benilda, no compares! Lo de mamá con tu uniforme es un simple capricho que a nadie hace daño.

BENILDA

Me hace daño a mí, que me someto.

GLORIA

¿Y por qué te sometes entonces? Yo no haría nada en contra de mi voluntad.

BENILDA

Señorita Gloria, no diga tonterías. Yo me someto porque necesito el dinero y a mi edad, no voy a encontrar trabajo fácilmente de nada. Usted se sometió el día en que accedió a mudarse a este palomar, como le ha dado por llamarlo y permitió que exiliaran al pobre Pedro a la finca sin protestar, el día en que le regalaron por su cumpleaños el carro nuevo comprado por su hermana con la plata del Coronel, el día en que uso la tarjeta de crédito a nombre de ella para comprar un montón de ropa, el día en que...

GLORIA *(levantándose agitada)*

¡Cállate, cállate! ¿Cómo pretendes que vaya en contra de toda la familia? No les puedo tirar en cara lo que hacen por mí, todo es tan confuso y de lo de Pedro no tengo la culpa. Jamás imaginé que mamá lo iba a mandar a la finca y cuando reclamé, ya se había perdido, alguien se lo había robado. No te imaginas lo que me dolió eso, a veces sueño con él, lo oigo gritando en el patio, Gloooria, Gloooria, no te imaginas... *(cubre la cara como llorando),* no te imaginas...

BENILDA

Entonces, ¿por qué no se imagina que acepte este maldito disfraz por necesidad, sin protestar, aunque las ganas me sobran?

> *Suena el timbre de la entrada y Benilda acude a abrirla. Entra Rolando agriadamente.*

ROLANDO

Ya logramos localizarlo, lo tienen preso en la cárcel Modelo, Gloria.

Nos informaron unos que soltaron que está muy mal, orinando sangre de la paliza que le dieron. Tienes que contactar a tu hermana para que le pida al Coronel que lo suelten, antes de que ocurra una desgracia. Él tiene esa potestad.

BENILDA

¡No puede ser! ¿Tu hermano quedó preso en La Modelo? Ese es un lugar horrible y habrá que sacarlo cuanto antes mejor. Me han dicho que allí, los criminales violan a los civilistas que meten presos.

GLORIA

¿Y tú pretendes que le pida un favor al coronel? No puedo hacer eso: me niego a solicitar un favor de ese hijo de su madre y a ti te debía dar vergüenza venirme con semejante exigencia.

ROLANDO

¿Vergüenza pedirte por la vida de mi hermano? ¿Estás loca? ¿No entiendes la seriedad de la situación? No se trata de batir pañuelitos blancos en las calles ni de golpear pailas al mediodía, ahora la cosa es en serio y se puede perder hasta una vida, la de mi hermano.

GLORIA

Yo creía que de eso se trataba, sacrificio hasta el fin, sin que importarán las consecuencias. De eso hablamos tantas veces y todos aseguramos estar listos.

ROLANDO

No seas ridícula, ni melodramática. Luchamos contra la dictadura, pero tratamos de hacerlo pacíficamente. No es cuestión de rifarse la vida. Ya murieron unos cuantos estudiantes en circunstancias sospechosas y decapitaron al doctor guerrillero y no podemos exponernos a más violencia, violencia que no conduce a nada. Nada más hay que mirar a los países vecinos, envueltos en interminables guerras civiles, que no han resuelto absolutamente nada.

GLORIA

Así que esta es solamente una revolución de lunes a viernes, con los fines de semana de asueto, tenemos que disfrutar de las playas, no hay que extremarse y si hay muertos, es mejor ignorarlos...

ROLANDO

No exageres, Gloria, no quiero ponerme a discutir contigo la teoría de las revoluciones, porque estoy desesperado por mi hermano. ¿Vas a ayudarme, o tengo que recurrir a tío Eladio que fue socio del papá del coronel Hernández? Vine donde ti primero porque pensé que con los lazos que nos unen sería suficiente para conseguir un favor de esta naturaleza.

BENILDA

No se preocupe, llamaremos al coronel enseguida, no podemos permitir que su hermano acabe en Coiba o algo peor

GLORIA

Es mejor que recurras a tu tío Eladio, Rolando. Por nada en este mundo le voy a pedir un favor al coronel Camargo. *(Sale de escena sollozando).*

BENILDA

No le haga caso, está todavía bajo los efectos del *shock* que le ha causado la noticia de su hermano. Yo me encargaré de que llame. Ha tenido unos días terribles, todo anda al revés.

ROLANDO

Y lo peor es que mi tío Eladio se fue al exterior hace meses y no quiere saber de nada y menos del coronel Hernández. Le eché todo ese cuento a Gloria para motivarla, pero creo que todo ha sido en vano. Y ahora ¿qué hago? Mi hermano no puede permanecer en ese lugar de tinieblas. Mamá se está volviendo loca, no para de llorar.

BENILDA

No se preocupe, Rory, yo me encargo de todo. Vaya tranquilo que dentro de unas horas, su hermano estará libre, se lo prometo.

ROLANDO

Pero ¿cómo puede estar tan segura?

BENILDA

Confíe en mí, yo sé de qué manera tengo que entrarle al asunto. No por nada he permanecido con esta familia por veinticinco años, tengo la confianza de todos. Lo llamo en cuanto consiga el contacto con el coronel.

ROLANDO

¿Estás segura, Benilda? Tengo mucho temor por mi hermano, mucho miedo de que le ocurra algo terrible en ese lugar. Si algo le pasa, mi madre jamás me perdonará, ella sabe que yo lo arrastraba a las marchas, mi hermano siempre ha sido bastante tímido, él no tenía ganas de esas cosas, hasta que yo lo obligue.

BENILDA *(acompañándolo a la puerta)*

Todos tenemos mucho miedo, porque realmente no estamos seguros de qué lado estamos, o de quién somos amigos o parientes. Este país es demasiado pequeño para una guerra civil.

ROLANDO

Despídeme de Gloria, no entiendo por qué se altera tanto cuando le pido un favor de la familia. No tengo ánimo de ofenderla, pero se irrita facilito. ¿Estás segura de que puedes ayudar a mi hermano?

BENILDA

Segurísima y no se preocupe, todo saldrá bien, lo llamo en cuanto tengamos noticias. *(la puerta se cierra y regresa Benilda a la sala en donde la espera Gloria que ha salido de su cuarto)* No tenías que haber salido huyendo.

GLORIA

¿Escuchaste bien lo que dijo? El sacrificio compete únicamente a cuatro pendejos que estamos dispuestos a ofrendar la vida. El resto se visten de blanco con jeans de última moda, van a misa, tocan pailas, chillan, tiran confeti, baten pañuelos y ese es el total del esfuerzo de guerra. Pero si alguien toca sus intereses, o su seguridad corporal corren a buscar influencias para librarse de las consecuencias.

BENILDA

Pero hija, no es cuestión de dejarse matar así nada más: buscar la forma de salir del atolladero no es librarse de las consecuencias, es tratar de evitarlas. El primer instinto que Dios le puso al hombre en el cerebro fue el de preservación de su integridad física.

GLORIA

Y de los mártires, los que murieron por la causa ¿qué me dices? Toda esa sangre derramada por gusto.

BENILDA

No son tantos y esos fueron otros tiempos, mi niña, esas fueron otras épocas.

En ese momento suena el timbre que corre a

ROSAURA

¡Que cansada estoy! He recorrido seis almacenes para encontrar los encargos de tu hermana. Desde que se quemó su tienda favorita, me tiene dando vueltas por toda la Avenida Central, estoy agotada.

GLORIA

La quemaron los militares, porque el dueño era de la oposición. O a lo mejor fue Pille quien ordenó la hoguera cansado de pagar cuentas astronómicas. Laura es experta en gastar dinero.

ROSAURA

Pero hija, suelta ya el tema de tu hermana. No sabes cómo me duele oírte hablar así.

GLORIA

Y tú no sabes cómo me duele oír a todo el mundo hablar mal de nosotros. Dime mamá, ¿te ha saludado algún vecino últimamente en el elevador? El portero, ¿se dirige a ti con el respeto de antes? En cuanto ve el carro parqueado abajo con los guardaespaldas de mi hermana, se pone algo insolente. ¿O es que no te has dado cuenta?

ROSAURA

Y a mí, ¿qué puede importarme un saludo más o menos de un simple portero? Es por envidia, mucha envidia de nuestra prosperidad...

GLORIA *(interrumpiéndola)*

Por favor, mamá, déjate de hacerte la ignorante, no pretendas que todo anda bien, nos hemos convertido en los parias de este palomar de lujo...

ROSAURA

¿Como te atreves a hablarme así? Si yo te digo que todo es pura envidia, es tu deber creerme, por algo soy tu madre, alguien que conoce las realidades de la vida.

BENILDA

Ahora que menciona realidades, quisiera pedirle un favor, Doña Rosaura. El hermano de Rory cayó preso durante la demostración de ayer y el vino acá, a ver si usted podía usar su influencia con el Coronel para que lo suelten. El muchacho solamente tiene diecisiete años y todos están aterrados que algo pueda ocurrirle en La Modelo.

ROSAURA

Y tú, ¿qué opinas de todo esto, Gloria? ¿Crees justo que use esa influencia para liberar al hermano de tu amiguito?

GLORIA

Haga lo que su conciencia le aconseje, mamá, pero que conste que yo no le he pedido nada.

ROSAURA

Entonces, que se pudra el muchachito en la cárcel. Es posible que se lo merezca, por alterar el orden público.

BENILDA

¡Ay, Doña Rosaura!, no le haga caso a la niña Gloria, está muy nerviosa con todo este asunto, por favor, llame al coronel. *(Le tiende el teléfono que Rosaura marca automáticamente mirando fijamente a su hija mientras se oscurecen las luces dejando solamente un spot que ilumina a Gloria).*

GLORIA

Mamá, ¿por qué mandaste a Pedro a la finca? no sabes cuanto lo extraño.

ROSAURA *(en penumbra le contesta)*

Estaba demasiado atrevido, gritaba obscenidades, no era conveniente alterar a nuestros nuevos vecinos.

GLORIA

Pero tu misma le enseñaste a decir Viva Torrijos, carajo, arriba, arriba el General, cuando vivíamos en San Francisco al lado del General. Entonces te parecía gracioso y así lo conocimos y que por eso se llevó a papá a trabajar al Banco Nacional cuando salió del Chase ¿Qué tenía de obsceno lo que Pedro gritaba?

ROSAURA

Cuando el general Torrijos murió las cosas cambiaron mucho, hija, mucho. Tú tienes que entender que hay que flotar con corriente, no en contra de la marea o uno acaba por estrellarse contra las rocas.

GLORIA

Fue por Pille, ¿verdad? El odiaba a Pedro desde el principio, cuando llegó a la casa vieja acompañando a Laura. Tú sí sabías desde el principio quien era él y sus funciones de hombre de confianza de Noriega. Los militares cambian fácilmente su fidelidad; todo es cuestión de estrellas en el quepis y el no soportaba escuchar a Pedro alabando al general finado. Lo exiliaste a la finca, se escapó de su jaula y se debe haber muerto de hambre en el monte. ¿Cómo fue que se perdió? Alguien tuvo que robárselo, él hubiera huido. Lo veo en mis sueños, ya no dice nada, solamente llora, llora mucho y despierto aterrada, temblando, gritando.

ROSAURA

Gloria, los loros no lloran, no seas ridícula. Nadie se robó a ese loro de plumas mustias, solamente que al muchacho que cuida la finca se le olvido recortárselas y al dejar la jaula abierta, el loro aprovecho y un buen día se fue volando. Debe estar feliz, viviendo en el monte, en libertad.

GLORIA

Vivió con nosotros veinte años, mamá, no sabía buscar comida, estaba acostumbrado al palo de mango y se ponía feliz cuando yo llegaba de la escuela. Debe haberse muerto, debe haberse muerto de soledad... *(se va iluminando la escena)* muerto...

ROSAURA *(en el teléfono)*

Alo, ¿está el coronel Camargo?... De parte de la señora Rosaura Castillo. Sí, sí, es importante... *(escucha)* Coronel, perdone la molestia... no, no, nada le ha pasado a Laura, necesito pedirle un favor. Quiero que ayude a un amigo de mi hija, un pobre idiota que cogieron preso ayer durante los desórdenes civilistas, y ahora parece que está arrepentido. La familia promete que nunca más se meterá en estos problemas y como los conozco desde niño, quisiera apelar a su bondad. Usted sabe cómo son los muchachos que se dejan arrastrar por malas compañías... Su nombre es Antonio Fuentes Duarte... ¿va a hacer lo posible? Ay, muchas gracias, coronel, no sabe cuánto se lo agradezco..., Gloria le manda saludos... ¿Cuándo viene a comer con nosotros nuevamente?... Ah, muy bien, estaremos preparados. Hasta mañana.

GLORIA

No tuviste que mencionarme, mamá. Yo no le he pedido nada, absolutamente nada.

ROSAURA

No lo hice por ti, malagradecida, sino por esa pobre madre, que debe estar angustiadísima por la imprudencia de su hijo. Espero que jamás me des un disgusto así.

GLORIA

No te preocupes, que si a mí me cogen presa, serás la última en enterarte. No pienso pedir ayuda de nadie si tengo problemas con los gorilas. Prefiero podrirme en la cárcel, a salir con ayuda de ese animal.

ROSAURA

¡Ah, sí, como no, estas dispuesta a ser la Juana de Arco panameña! No me hagas reír hija, más te vale comportarte adecuadamente.

BENILDA

Por favor, no discutan. La situación es demasiado grave como para dividirnos entre nosotros mismos. Tenemos que permanecer unidos, se acercan días terribles.

ROSAURA

Díselo a ella, que parece no entender de que lado deben estar sus lealtades. Salió a su padre, que aprovecha y disfruta lo que puede cuando le conviene para después criticar todo el tiempo con esa falsa integridad de la que hace gala, salió igualita a su padre *(sale agitadamente hacia el cuarto gritando todavía)* igualita a su padre...

GLORIA *(desconsolada se sienta en el piso)*

Benilda, no sé qué hacer, no sé qué hacer, no puedo seguir peleando con mamá...

BENILDA

Tiene que aprender a mirar las cosas por todos los ángulos, nada es absoluto en este mundo, Gloria, uno aprende bastante metiéndose en pellejo ajeno. Trata de entender los motivos de tu madre. Ella vive para todos ustedes, es una mujer muy fuerte.

> *Benilda se aleja, la luz se va opacando, Gloria se acuesta en el piso como durmiendo, sombras aparecen por el escenario, corriendo de un lado a otro agitando pañuelos, Gloria despierta muy asustada, las sombras la rodean y se van alejando, gritando todas al unísono con voces de*

VOCES: EL QUE NO BRINCA ES SAPO, EL QUE NO BRINCA ES SAPO, EL QUE NO BRINCA ES SAPO, el que no brinca es sapo, el que no brinca es sapo, sapo, sapo, sapo...

Las sombras se van alejando, quedando Gloria sola, acostada bajo el haz de luz en medio de la sala otro haz de luz ilumina a Alberto sentado en el otro extremo en un sillón viejo, leyendo, trago en mano, vuelve el pasado. Gloria recuerda y se incorpora lentamente mirándolo.

GLORIA

Papá, ¿es verdad que vamos a mudarnos a un condominio en Paitilla? Mamá no hace más que hablar de eso y yo no quiero mudarme. ¿Qué vamos a hacer con Pedro? no creo que resista estar metido en una jaula colgando en un balcón todo el día. Está acostumbrado a andar deambulando por el palo de mango hasta el anochecer.

ALBERTO

No te preocupes, hija, esas son tonterías de tu mamá. A tu hermana se le ha ido el nuevo puesto a la cabeza. Cree necesitar un ambiente privilegiado, para impresionar a sus jefes, porque es secretaria ejecutiva de las Fuerzas de Defensa y anda rozándose con coroneles todo el día y dando órdenes, como si esa gentuza supiera de las cosas buenas de la vida. Le ha dado por avergonzarse de esta casa y tu madre la apoya.

GLORIA

Papá, no las dejes, no las dejes sacarnos de aquí...

Otro haz de luz ilumina a Betito que en ropa de sport juega con una pelota de básquetbol en una esquina del escenario.

BETITO

Déjate de idioteces Gloria. Si hay que mudarse, nos mudamos, a mí me toca cada invierno remendar este vencido techo de zinc lleno de huecos. Laura sabe lo que hace y si juega sus cartas adecuadamente,

estamos hechos. El coronel no puede vivir sin sus servicios y yo
espero conseguir un buen puesto con su influencia.

ALBERTO

No te preocupes, mi niña, no le hagas caso. De aquí no nos mueve
nadie.

BETITO

Papá, tú bien sabes que Doña Rosaura ya tomó una decisión. El
coronel le encontró comprador a la casa, así que no hay remedio y a
Paitilla vamos sin Pedro.

GLORIA

Papá, dile que se calle, dile que se calle, no podemos dejar a Pedro.

> *A lo lejos se escucha el ruido que hace el loro.
> Alberto se va durmiendo borracho en el sillón,
> mientras Gloria trata en vano de despertarlo y
> Betito se ríe. Laura aparece bajo otro haz de luz
> que viene de la calle. Desaparecen Betito y
> Alberto.*

LAURA

Gloria, ¿sabes a dónde fue mamá? La necesito urgentemente.

GLORIA *(levantándose)*

Creo que fue al supermercado.

LAURA

¿No te dijo cuándo regresaba? Ahorita viene una gente a ver la casa y
quisiera que estuviera presente.

GLORIA

¿Y para qué vienen a ver esta casa?

LAURA

La estamos vendiendo, o ¿es que no sabías que muy pronto nos
mudamos?

GLORIA

De eso te quería hablar precisamente. Ni papá ni yo tenemos la
menor intención de salir de esta casa, por muy averiado que este el

techo. Ya buscaremos la forma de arreglarlo.

LAURA

¿Con qué plata y qué dinero? Espero que sepas que ni cascaritas de huevo nos quedan. Papá, con sus borracheras ha empeñado lo poco que teníamos, le vendió la finca al hermano por unos pocos dólares, lo mantienen en el banco gracias a mis esfuerzos. Hace tiempo lo habrían botado en condiciones normales, pero no se atreven porque saben que trabajo para el Estado mayor y me protege el coronel Camargo.

GLORIA

No me digas que es verdad lo que estoy pensando, que tú y ese mencionado coronel tienen algo, algo más que amistad.

LAURA

Vaya hermanita, estas despertando a la vida. Las cosas son como son y no como quisiéramos que fuesen, hay que adaptarse a las circunstancias, aprovechar las oportunidades, hay que sobrevivir.

GLORIA

Pero ¿cómo puedes, con ese tipo, esa cosa en uniforme, cómo puedes?

LAURA

No seas tonta, igual que pude con ese otro que me llevo al altar por amor y que a los tres años me engañaba dejándome sin un centavo. Tuve que regresar a casa con el rabo entre las piernas. Por lo menos este tiene plata y no es nada tacaño. Vuelvo y repito, hermana, hay que aprender a aprovechar las oportunidades que nos da la vida y el uniforme se lo quita de vez en cuando y no tengo que verlo.

GLORIA

Pero, dicen que ese tipo es un desalmado, que no titubea en torturar a sus enemigos...

LAURA *(riéndose a carcajadas mientras la luz se oscurece)*

¡Ay, hermanita, no creas todo lo que oyes!

Gloria vuelve a postrarse bocabajo en el suelo mientras a lo lejos se escucha el silbido de Pedro y se cierra el telón.

ACTO IV

Cuando se abre el telón, nos encontramos nuevamente en la sala de la familia Castillo un año después, en diciembre del ochenta y nueve, víspera de la invasión norteamericana a Panamá. Todo está en penumbra, no hay nadie en escena. A lo mejor comienzan a escucharse sonidos, como detonaciones, o explosiones cada vez más seguidas. A la sala entra corriendo en camisón Benilda encendiendo las luces. Detrás aparece Doña Rosaura, Alberto, Betito y por último Gloria. Todos se acercan al borde del escenario, como mirando por la terraja.

BENILDA

¡Misericordia, Jesús mío! ¿qué está ocurriendo? El cielo está lleno de fuego, lleno de fuego.

BETITO

Creo que los gringos han comenzado la invasión tan prometida. Esos son bombazos por el Chorrillo, sobre el cuartel central. Miren la línea de luz que trazan las balas, directo a esa área.

ALBERTO

No se atreverían a tanto, las cosas se estaban resolviendo solas, no había necesidad de violencia, eso no nos puede estar sucediendo, señor.

GLORIA

¡Finalmente: ya era hora que esos estúpidos gringos empezaran a deshacer el daño que nos han hecho!

ROSAURA

¡Dios mío!, ¿qué será de nosotros? Betito, llama a tu hermana para que venga para acá enseguida. El coronel debe estar en medio de la batalla y ella sola, pobrecita, debe estar muy nerviosa.

BETITO

Ahora sí que nos jodimos completamente. Después del trabajo que me costó conseguir el puesto de jefe de personal, qué pecado... *(se dirige a hacer la llamada mientras continúan cayendo las bombas)*

ALBERTO

Cállate, hija, cállate, es inmoral que te alegres en voz alta de nuestra desgracia; va a haber un poco de muertos y nos será muy difícil recuperar la cordura. Estoy seguro de que el General sabrá comportarse como un varón y a ustedes les consta que nunca he gustado de él, pero se le ve la fiereza por encima de los galones dorados. Esto va a tener un final como el de Chile cuando la caída de Allende.

BENILDA

San Judas Tadeo, ten piedad de nosotros *(bombazo)*, Cristo de Portobelo, ayúdanos... Jesús del gran Poder, protégenos.

GLORIA

¿Y por qué no he de alegrarme que llegue el final de esta pesadilla? No le veo nada de malo y quiero que sepas que la mayoría de la población vivía para estos momentos. Desde que anularon las elecciones, este país se convirtió en un infierno del que todo deseábamos escapar. Marchando un día sí y otro no, palizas por todos lados, la gente vivía angustiada deseándole un final a nuestro calvario.

ALBERTO

Hija mía, entiéndeme, las guerras siempre deben infundir un miedo respetuoso, sobre todo una guerra entre hermanos. Cuando se pierde el respeto a la vida de alguien conocido, es ese el pecado de Caín... este país es demasiado pequeño, todos nos conocemos.

GLORIA

Por eso mismo, porque todos nos conocemos, necesitamos a alguien que venga de afuera a imponer el orden. Aunque sea a tiros tenemos que sacar a esos malditos.

ALBERTO *(desalentado va y se sienta)*

Se nota que no te ha tocado jamás ver a un muerto, hija mía.

BETITO

Es imposible conseguir línea, todo Panamá está hablando a la vez. Mejor me visto y voy a buscar a Laura. *(Sale de la habitación).*

GLORIA

Espérame, te acompaño.

ROSAURA

De aquí no sales. Andas buscando una excusa para salir corriendo a reunirte con esos sediciosos que deben estar celebrando en grande esta desgracia, celebrando la destrucción del país. Benilda, trae la radio para escuchar qué mensaje de aliento nos envía el General y cierra las cortinas, no tolero ser testigo de esta conflagración. Betitooo... Betitoo, apúrate, no tienes que salir coordinado de pies a cabeza para buscar a tu hermana, no vas para la discoteca.

BETITO *(fuera de escena)*

Ya voy, mamá, ya voy, es que no encuentro mis zapatillas por si tengo que salir corriendo.

ALBERTO

Mejor ponemos la televisión; esos gringos de CNN se enteran de las batallas antes de que ocurran. Yo creo que les avisan de antemano, para estar cámara en mano, filmando desde el primer balazo, recogiendo la primera muerte en un *closeup. (Sale de escena)*

GLORIA

Mamá, por favor, déjeme acompañar a Betito, son solamente dos cuadras, ¿qué me puede pasar?

BENILDA *(que tiene el oído pegado al radio)*

Ni se mueva, señorita Gloria. Están informando que los americanos entraron por Tocumen y la ciudad está llena de tanques. Los batalloneros de Noriega exhortan a la población civil para que se levante en armas.

ALBERTO *(juera de escena, gritando)*

Ya volaron el cuartel central completito y se rindieron en Fuerte Amador. El general va en retirada sin disparar un solo tiro y lo andan correteando por toda la ciudad. Nadie sabe en donde se ha escondido, no puedo creerlo, siempre pensé que moriría con las botas puestas.

BENILDA

Radio Libertad dice que ha sido una retirada táctica para reagrupar fuerzas. Me huele a corredera con el rabo entre las piernas.

ROSAURA

Dame acá el radio, carajo, tu interpretas lo que te conviene. *(Agarra el radio y te lo pega al oído)* ¡Ay, Dios mío!

GLORIA

¿Qué está pasando, mamá, que está pasando?

ROSAURA *(soltando el radio que agarra Benilda)*

Betitooo, ve inmediatamente a buscar a tu hermana.

BETITO *(sale todo vestido de negro)*
Ya estoy listo para lo que sea. Si no regreso...

GLORIA

Déjate de dramas, Betito, te acompaño.

> *Alguien golpea la puerta con energía. Todos corren a abrir la puerta incluyendo Alberto que sale del cuarto y entran Laura en bata y el Coronel, en pijamas.*

ROSAURA

¡Bendito sea Dios, qué bueno que pudiste llegar, hija! estaba preocupadísima.

PILLE

Hubiéramos llegado antes, pero se armó tal alboroto en el edificio que no nos atrevíamos a salir del apartamento, por miedo a que nos atacaran los vecinos, que ya empezaban a vociferar insultos en contra nuestra. Y esos idiotas salieron corriendo al primer bombazo.

ROSAURA *(fríamente)*

¿A qué idiotas se refiere, Coronel?

PILLE

Mis guardaespaldas. Se supone que estaban haciendo guardia esperando abajo, pero desaparecieron llevándose el carro. Por eso tuvimos que venir a pie.

ROSAURA

¿Y es que dormían toda la noche en el coche?

CORONEL PILLE

Desde hace dos semanas vivimos en estado de alerta.

ROSAURA

Usted dormía y ellos en estado de alerta. Muy cómodo.

ALBERTO *(interrumpiendo lo que casi es una confrontación)*

¿Y cuál es el plan de defensa, Coronel? ¿Por dónde vendrá el contraataque panameño? Me parece que hay que proteger al canal, pero ellos son vulnerables con las bases del otro lado.

PILLE *(sin prestarle atención)*

Oye, Betito, búscame una ropa lo más neutral posible para cambiarme y si alguien viene a preguntar por mí, no me han visto. Me voy a quedar escondido hasta que se aclare el panorama. Me huele que tendré que refugiarme en alguna embajada, porque esos malditos gringos vienen con todo. Ocúpate de tener un carro listo para salir huyendo de aquí. *(volviéndose a Laura)* Y tú, regresa al apartamento y arregla unas maletas con algo de mi ropa de civil y la tuya.

ROSAURA

¿Usted pretende que mi hija se ponga en peligro por su culpa? ¿Cómo puede ser tan desconsiderado? Ella no puede arriesgarse a ir a arreglar sus maletas rodeada de enemigos *y* de aquí no sale.

ALBERTO

Coronel, la Patria lo necesita, asuma la responsabilidad del mando de su tropa en defensa del país.

BETITO

Yo te puedo prestar mi ropa, aunque te quedará algo apretada, pero no pretendas que me asome por ahora, la calle esta candente.

LAURA

Tengo mucho miedo, Pille, no me atrevo a salir. Mamá tiene razón, puede ser muy peligroso, todos te conocen.

ROSAURA

Coronel, con su cobarde actitud nos compromete. Es su deber ir en defensa del país y mi hija no va a salir de esta casa a buscarle nada y le ruego, no, le exijo que salga de aquí antes de ponernos a todos en peligro.

PILLE *(acercándose amenazante hacia Rosaura)*

¿Cobarde? ¿Usted me está llamando cobarde, vieja de mierda? Con todo lo que le he dado, ¿ahora me niega ayuda?

ALBERTO

Caballero, no se atreva a tocar a mi esposa, o me veré obligado a...

BETITO

Pille, déjate de eso, con insultos no llegamos a nada, pero, como comprenderás, aquí nadie tiene intención de rifárselas por ti.

GLORIA

Coronel, será mejor que se vaya. Yo lo acompañare hasta la embajada de Cuba, sé en dónde queda y lo llevaré en mi carro. Betito, búscale ropa y tu Laura, déjate de lloriquear y decide de una vez por todas si quieres irte con él o no. Es un poco tarde para recriminaciones.

ROSAURA

Mi hija Laura no sale de aquí y usted tendrá que pasar sobre mi cadáver para sacarla de esta casa.

CORONEL PILLE *(levantando la mano dispuesto a pegarle a Doña Rosaura)*

Las ganas no me faltan, señora, las ganas no me faltan.

Entre los dos se interponen apresuradamente Gloria y Retito que se llevan a la vieja presa de un ataque de nervios al sofá.

ALBERTO

Benilda, sírvame un cognac doble, necesito calmar mis nervios.

BENILDA

Sírvaselo usted, señor, no tengo ánimo para hacer de *bartender* esta noche. Aunque no se le haya ocurrido, yo también estoy muy nerviosa.

ALBERTO

Será mejor esperar hasta el amanecer, a ver lo que ocurre. No creo que sea conveniente que salgan a esta hora. Puede ser muy peligroso, la gente debe andar por ahí disparando pistolas a lo loco todavía.

ROSAURA *(súbitamente animándose)*

De ninguna manera; ese señor sale de aquí esta noche. No podemos arriesgarnos a buscarnos un conflicto con los vecinos. Estoy segura de que los americanos darán orden de captura en su nombre enseguida que terminen la invasión.

BENILDA

Muerto el pollo, hay que asegurar al resto...

Salen del cuarto, Pille ya vestido con Betito. Pille corre al teléfono tratando nuevamente de colocar una llamada en vano, mientras Benilda sigue con el radio pegado a la oreja, Alberto está en el bar, tomando una copa tras otra, Rosaura mira hacia el público como abriendo las cortinas de la terraja, todos le dan la espalda al coronel

ROSAURA

Ya cesó el bombardeo y creo que pronto saldrá el sol. ¡Qué humareda se nota por los lados del Chorrillo...! Hasta que da miedo. ¿Qué ira a pasar? Dios mío.

BENILDA

Es mejor que haga un poco de café.

ALBERTO

El César se esconde y sus legiones se las llevo el viento... No gustaba de él, pero siempre pensé que era muy valiente. Salió huyendo como una rata, huyendo...

CORONEL PILLE

Cállese viejo de mierda, usted no entiende lo que es ser militar, el General tiene algún plan.

ALBERTO

¿Igual que usted? Debe estar cambiándose de ropa en la casa de alguna amiga, tenía muchas, con lo feo que es, nunca lo entendí.

El coronel se avalancha sobre el viejo y lo detiene
Gloria que se interpone entre los dos.

GLORIA

Vamos, coronel, es mejor salir de aquí antes de que amanezca. Aprovechemos la oscuridad.

LAURA

¡Que infeliz me siento, Pille! *(se levanta y lo abraza)* Llámame en cuanto puedas. No te preocupes, yo recogeré toda tu ropa y nos encontraremos pronto, mi amor.

BETITO

Será mejor que vayas tú sola con él, Gloria, así despiertan menos sospechas. Pille no se te ocurra quitarte los lentes oscuros, para que no te reconozcan, hermano, será mejor que nadie sepa quién eres.

Salen Gloria y Pille, dejando al resto en silencio, sin
atrever a mirarse, mientras se apaga la luz.

Escena Dos

Unos meses más tarde, en el apartamento de la familia
Castillo. Al encenderse la luz encontramos la sala vacía,
unas maletas en medio, y entra Gloria acompañada de
Benilda.

GLORIA

Bueno, creo que eso es todo. Voy a llamar a Rory para decirle que venga a ayudarme a cargar cosas.

BENILDA

Aún estás a tiempo para cambiar de idea. Todo esto me parece una locura.

GLORIA

Realmente no te entiendo, Beni. Te pasas la vida jurando que quieres salir de aquí, de este palomar en donde te obligan a disfrazarte de payasa un día sí y otro no y ahora que te ofrezco la oportunidad de escapar, la rechazas.

BENILDA

Yo quiero salir de aquí, pero no me ánima la idea de vivir arrimada contigo en una finca en Arraiján en donde no hay comodidades.

GLORIA

Pues a mí no me interesa tener tantas comodidades. Me basta con saber que papá está allá solo y que me necesita.

BENILDA

Dentro de seis meses, estarás desgastada de tanta carretera, yendo y viniendo a la universidad, como un trompo loco. Esa carretera es peligrosa, con tantas curvas. Termina la carrera y entonces decide en dónde quieres vivir.

GLORIA

Muchos transitan por esos caminos y no les pasa nada. Después de todo lo que ha ocurrido, no puedo vivir en esta casa ni un día más. Desde la invasión, no hago más que discutir con mamá y Laura por cualquier tontería.

BENILDA

Me parece que estas cometiendo un error. No es posible echar para atrás el reloj y tenemos que aprender a vivir con los acontecimientos actuales. Todas las familias están divididas por alguna razón u otra y más o menos se entienden.

GLORIA

Claro que no puedo deshacer lo hecho, pero ¿sabes Benilda? Anoche soñé con Pedro y no estaba llorando como lo veía antes, al contrario, andaba de rama en rama brincando de felicidad, gritando a todo pulmón mi nombre, porque yo le había llevado un guineo madurito. Tengo la premonición de que volverá a la casa en cuanto sepa que estoy cerca. El, acostumbrado a nosotros, a mí especialmente, los loros viven mucho. Ya sé que es absurdo pensar que pueda aparecer después de tantos años, pero no puedo evitarlo, tengo tantas esperanzas que ocurra el milagro. Alguna vez en mi vida tiene que suceder algo extraordinario.

BENILDA

Con que es eso, ¿verdad? Alimentas la fantasía de que ese bicho aparecerá por arte de magia después de tanto tiempo de estar perdido. No quiero ser pesimista, pero sospecho que el final de Pedro no fue exactamente como dicen. Al loro lo mandaron a matar, hablaba demasiado y en esta casa algunos no toleran que se hable demasiado. Es peligroso exponerse así.

GLORIA

Pero ¿qué insinúas? ¿Qué alguien en esta casa mando a eliminar a Pedro?

BENILDA

Simplemente que el loro se enredaba en demasiadas cosas de política que no convenía en esos momentos. Al final le dio por insultar al General, insultos que alguien previamente se había ocupado en enseñarle. Los loros no inventan palabras.

GLORIA

Pero si solamente decía Arriiiba Torrijos, viva el General...

BENILDA

No es a ese General al que me refiero. ¿Es que nunca lo oíste gritar "Muera Noriega"? Esa vaina le entró de repente. Nadie me quita que fue tu padre quien lo enseño a decir eso por desquitarse de alguna forma el rencor que tiene por dentro, no señor, nadie me quita esa idea de la cabeza, aunque después lo negó cuando tu madre fue a reclamarle. Desde ese día, la suerte de Pedro estaba echada. Nadie sabe con certeza quien fue el maestro de Pedro.

GLORIA

No sé de qué hablas, Pedro nunca dijo tal cosa. Será mejor que llame a Rory antes de que me vuelvas loca con tus embustes.

> *Suena el timbre de la entrada y Benilda acude a contestar. Entran Rory y Dona Rosaura que al ver las maletas se detiene.*

ROSAURA

Así que persistes con esa locura... Sería mejor que me clavaras un puñal en el pecho, en vez de irte de esa manera, como un ladrón huyendo, sin decir ni adiós...

GLORIA

¡Ay, mamá, déjate de melodramas! Solamente me mudo con papá en la finca de Arraiján, en donde tío tuvo la gentileza de darle asilo después que lo botaron del ministerio. Ya tú sabes el infierno que ha vivido después de la invasión. El pobre viejo lo volvieron loco con tantos auditos, como si él hubiera manejado dinero de verdad. Todo lo que hacía era revolver papeles por órdenes superiores, y ahora quieren que cargue con la deuda externa.

ROSAURA

Él salió huyendo porque le dio la gana. No pudieron probarle nada. Lo que pasa es que tu padre es un cobarde y prefiere refugiarse en el monte jumado todo el tiempo para no enfrentar sus obligaciones. Lo jubilaron y se fue huyendo.

RORY

Me cansé de esperar tu llamada. ¿Estás lista? Debo regresar enseguida, mañana tengo examen.

GLORIA

Sí, sí, ya estaba a punto de llamarte, pero me enredé, tengo todo empacado. Puedes comenzar a bajar estas maletas.

Rory obedece y sale cargando maletas.

ROSAURA

La vida ha sido un infierno para muchos durante estos meses y sin embargo no todos salieron huyendo a esconderse como tu padre. Mira a tu pobre hermana, sola, desamparada, es posible que tenga que salir del país si la siguen persiguiendo y todo por una pequeña cuenta de banco que Pille dejó a buen recaudo en las Antillas. Andan inventando que tiene millones escondidos, ya la han llevado a declarar tres veces y ella sigue afirmando no saber nada de los asuntos del coronel, lo cual es exactamente la verdad, era simplemente una buena secretaria.

GLORIA

Mi hermana no está sola ni desamparada. Ya se deshizo del condominio a muy buen precio y pronto viajará, vía Gran Caimán a colectar la pequeñísima cuenta del buen Pille, que tuvo que refugiarse en Cuba para escapar la intransigencia de los nuevos gobernantes.

ROSAURA

Tu hermana saldrá del país solamente si la obligan las autoridades, que no le han podido probar nada. Yo la convencí de que esa relación no le conviene. Irse a vivir a Cuba sería una locura y el dinero que tiene el coronel puede meterla en problemas. Que lo busque él mismo, si es que se atreve. Los americanos lo tienen en la mira. Tenemos suficientes ahorros para sobrevivir unos cuantos meses y si es necesario, ella venderá sus prendas. Además, es posible que consiga un buen trabajo en una compañía de la Zona libre. Después del saqueo, necesitan ejecutivas con experiencia para reorganizar las líneas de crédito.

GLORIA

Good by dear Pille, amén.

ROLANDO *(que acaba de regresar)*

¿Estás lista? Ya no cabe más nada en el carro.

ROSAURA *(súbitamente emocionada)*

Hija, no te vayas, no nos dejes, necesitamos tu sentido común y fortaleza, tenemos que permanecer unidos después de todo lo pasado, escondida en la finca no vas a remediar nada.

GLORIA

¿Y me lo dices ahora? Creo que es un poco tarde, mamá. No puedo perdonarte que hayas tolerado la relación del coronel con Laura y sobre todo me tortura lo de Pedro.

ROSAURA

Tú nunca has querido entender que todo lo hice por ustedes, por sacarlos de la mediocridad a la que nos condenaba los vicios de tu padre. Cada centavo que él ganaba hubiera sido para alcohol o el casino si yo no hubiera estado encima vigilando. Cuantas veces tuve que sacarlo borracho de esos lugares a medianoche, arrastrándolo, avergonzada. Yo no me quejé nunca, aguantaba sin protestar. La casa de San Francisco la heredé de mis padres, sin eso, no hubiéramos tenido nada.

Cuando me di cuenta de que vivíamos tan cerca de Torrijos, pensé que esa era mi oportunidad de hacer algo por la familia y enseñé a Pedro a darle vivas al General. Lo hacía con tanta gracia que un buen día él en persona nos tocó la puerta, quejándose que no podía dormir por tanto alboroto y cortésmente me pidió que amordazara a Pedro durante las horas de su siesta. Así fue como hice amistad con Torrijos quien ayudo a tu padre cuando salió, no, cuando te botaron del Chase por alcohólico.

GLORIA *(indignada)*

Papá renuncio del Chase, para ir a reorganizar el Banco Nacional, a él no lo botaron.

ROSAURA

Tu tenías doce años entonces y no puedes recordar los hechos. Esa es la versión oficial de ese asunto, pero la verdad es otra. Llegó del trabajo un día llorando, con la carta de despido en una mano que temblaba. Yo fui a rogarle al General que le diera un puesto y así lo hizo.

GLORIA

¿Y Pedro? Le salvo el trabajo a papá y aun así no quisiste llevarlo con nosotros cuando nos mudamos acá.

ROSAURA

¿Todavía me guardas rencor por ese bicho sin tener en cuenta todo lo que he hecho por ustedes?

GLORIA

Me dolió demasiado que desapareciera así, tú sabes que sueño con él, no puedo librarme de su recuerdo, es como si no fuéramos capaces de querer a nadie, solamente el dinero es lo principal en esta familia, el dinero.

ROSAURA

Ya es hora de que sepas la verdad, mi hijita. A Pedro lo condenó a muerte tu padre. Por hacerse el gracioso, le enseño a decir unas cuantas estupideces en contra de Noriega y tuvimos que salir de él. Fue tu padre el que se encargó del asunto; no te enteraste de nada porque estabas de paseo todo aquel verano, o, ¿es que no te acuerdas de que estrenabas carro nuevo y fuiste con unos amigos hasta San José?

ROLANDO

Es verdad: estuvimos dando vueltas por Costa Rica los tres meses, en el carro que te regalo Laura por tu cumpleaños.

GLORIA

¿Papá es responsable de la desaparición de Pedro? *(se sienta, sin acabar de comprender, mientras Doña Rosaura le da la espalda, mirando hacia el público)* No lo puedo creer, mamá, no lo puedo creer...

ROSAURA

Él era un buen hombre cuando nos casamos, tuvimos años muy felices, pero un buen día, comenzó a derrumbarse, los ascensos no llegaban y yo tuve que hacerle frente a las cosas. Lo importante es aprender a sobrevivir, a pesar de todos los embates que nos de la vida. Algunos, se refugian en el trago para disimular sus fracasos, otros culpan al destino y rezan resignados. Pero unos pocos nos decidimos a luchar para buscar la forma de salir del hueco, aunque tengamos que hacer ciertas cosas desagradables, aunque tengamos que agarrarnos de la levita de algún militar. Eso hicieron muchos en este país, esos mismos que olvidaron el pasado y que ahora se están dando golpes de pecho e iniciaron la cacería de brujas.

BENILDA

Lo que pasa Doña Rosaura es que en este asunto nadie quiere aceptar culpabilidad. Todito lo que ocurrió se lo achacan a Noriega, cuando tuvo mucha ayuda tanto de civiles como de militares. Claro, como está a buen recaudo en una prisión en Florida y no hay peligro que se le ocurra señalar a sus compinches, todos se sienten a salvo.

Por la puerta principal hace su entrada Laura, elegante como siempre.

LAURA

¿A qué no saben con quién me encontré hoy en el Banco? Nada menos que con Carlitos Quintana, cuñado del actual ministro de Hacienda y Presidente del Banco Agrícola. Fuimos compañeros en la universidad y siempre estuvo enamoradísimo de mí. Se puso tan feliz cuando me vio y nos fuimos a tomar un café para recordar tiempos pasados. Se me ocurrió invitarlo a cenar para seguir rememorando tiempos pasados y aceptó enseguida. Me di cuenta de que lo tenía flechado otra vez. Quién sabe, puede ser una buena relación, tiene muchísima influencia con el gobierno. Benilda, muévete y prepara algo bueno, que esto nos conviene.

BENILDA

¿Le parece que saque un filete, o prefiere que haga corvina a la plancha?

ROSAURA

Haz el filete, a los hombres les gusta la carne y medio cruda. Gloria, recoge la sala, que tenemos visita. Rory, usted puede quedarse a comer si desea, pero suba las cosas del carro no vayan los ladrones a desvalijarlo, Laura, llama a Betito a casa de su amigo para que venga, quien sabe, a lo mejor le ofrece trabajo en el banco, él nunca participó en actos políticos, no tienen de qué acusarlo, lo botaron injustamente del Ministerio, nadie pudo probarle nada, todo fue por pura envidia.

GLORIA

Pero mamá, vamos a caer en lo mismo, no debes permitirlo.

LAURA

Ahora la niña se opone a que invite a alguien a comer en nuestra casa, es insoportable.

GLORIA

Mamá, por favor...

ROSAURA *(sin prestarle atención a Gloria)*

A lo mejor tu papá decide regresar, el pobre debe estar aburridísimo en la finca. Te tiene una sorpresa Gloria, compró un loro igualito a Pedro y lleva semanas enseñándolo a hablar, ya verás. Lo colgaremos en la terraza en una jaula grandota, allí será feliz con todo Panamá a sus pies, patas, mejor dicho.

GLORIA *(agarra a su madre por los hombros obligándola a mirarla)*

Mamá, escúchame, debe haber otra manera de mejorar nuestra situación, puedo dejar la universidad y buscar un trabajo, venderemos el apartamento, yo no quiero otro loro.

ROSAURA

No vas a dejar la universidad hasta que te gradúes. Lo importante hija mía es sobrevivir. Tenemos que mantener a flote a la familia y con un poco de influencia y suerte se logra mucho. Hasta podríamos ingresar a tu papá en un buen programa de rehabilitación que tengo visto. ¿No te gustaría que se cure de su alcoholismo? Para eso se necesita bastante dinero así que déjate de objeciones que no vienen al caso y pon de tu parte. Vamos a salir adelante.

LAURA *(en el teléfono)*

Betito, vente para acá enseguida. Te tengo un notición que ni te imaginas, algo muy bueno... apúrate.

BENILDA *(desde la cocina)*

Señora... no tenemos filete.

ROSAURA

Pues baja enseguida al supermercado a comprar uno. No, mejor compra dos y papas para asarlas al horno a lo mejor el banquero tiene buen diente. Trae también dos botellas de vino tinto, hay que estar preparados para lo que desee. Vamos, Gloria, comienza a recoger la sala y pon la mesa con la vajilla fina y las copas. Benilda va a estar ocupada en la cocina.

GLORIA *(resignada)*

Entiendo, mamá, entiendo. Rory, sube las maletas por favor, hoy no vamos a la finca, tenemos visita importante.

TODOS SE AFANAN CUMPLIENDO LAS ÓRDENES DE DOÑA ROSAURA, MIENTRAS SE CIERRA EL TELÓN.

Rosa María Britton, nos presenta 4 obras teatrales que desde distintos puntos de vista examinan las debilidades y defectos de sus protagonistas. Los celos, el racismo, la traición, la falta de auto estima, la falsedad, son algunos de los temas que magistralmente nos presenta la autora en estas cuatro obras premiadas, que han sido puestas en escena en Panamá, Estados Unidos, Perú, Guatemala y Colombia.

1.   **ESA ESQUINA DEL PARAISO**

premio Ricardo Miró, 1985.

2.   **BANQUETE DE DESPEDIDA**

premio Ricardo Miró, 1987.

3.   **MI$$ PANAMA, INC.**

premio Ricardo Miró — 1987.

4.   **LOS LOROS NO LLORAN**

premio de teatro en los Juegos Florales México, Centro América, el Caribe y Panamá de Quetzaltenango, Guatemala,

198

«El gran desafío es deconstruir su vida para construir su legado...»

Briseida Boise - 19 julio 2019

Rosa María Britton, 1936-2019

Panameña, altruista, científica, médico-oncóloga y escritora.

Su trayectoria abarca la medicina y la literatura. Participó de la modernización del Instituto Oncológico de Panamá desde 1984.

Su participación en la vida pública del país la llevó a ser reconocida como una figura distinguida por sus méritos. Sus obras han sido traducidas al inglés, francés, italiano y sueco. Se hizo merecedora en seis ocasiones del premio de literatura más importante del país: el Premio Ricardo Miró. Publicó dieciocho obras y fue invitada como oradora por universidades norteamericanas en reiteradas ocasiones para compartir esa experiencia literaria. Es la escritora panameña que más nos ha representado en ferias a nivel internacional.

A partir de 1972, estableció su residencia en Panamá, y dirigió por veinte años el Instituto Oncológico Nacional. A su empeño personal y profesional, debemos la atención especial que recibiera el cáncer como especialidad en Panamá y la incidencia sobre el control y seguimiento de esta enfermedad.

Como médico fue merecedora de importantes distinciones, entre estos la condecoración Gran Cruz del Sur de Colombia. Su participación en la vida pública del país la llevó a ser reconocida como una figura prominente. Será recordada como una líder natural, independiente, altamente apreciada por los políticos.

Con la eficiencia y el liderazgo que le caracterizó, dirigió la Fundación Biblioteca Nacional, por más de 20 años, convirtiéndola en un centro cultural de alta importancia para el país. En la Biblioteca Nacional Ernesto j. Castillero R., el proyecto de memoria nacional lo abrazó como suyo en tarea permanente porque todo lo panameños entregaran sus obras a esta institución. También manifestó su compromiso con el desarrollo de las bibliotecas en las comunidades, porque tuvo muy claro que estas deben ser verdaderos centros de promoción de la lectura. La Lectura da conocimiento y poder. Con el apoyo de la Junta Directiva se designa un Consejo Editorial, del cual formó parte. Esta relación activa y cercana refleja el compromiso que tuvo con el desarrollo cultural y educativo de este país

Se describía como cuentacuentos sin grandes pretensiones, ni maestrías literarias con la pura comprensión humana y buen sentido del humor con dignidad y mostrando el camino de la valentía. Tuvo el talento irrefutable con la espontaneidad. Referente de nuestra literatura con valiosas aportaciones, sobre nuestro pasado y presente cultural, con un alto sentido humanista de carácter universal y con participación activa en la vida pública panameña, especialmente en la defensa de los derechos humanos de las mujeres y de la salud. Como escritora fue invitada a diferentes universidades y ferias a nivel internacional. Sus obras han sido traducidas al inglés, francés, italiano y sueco. A través de sus escritos, consolidó un público permanente. Se hizo merecedora de diversos reconocimientos por sus logros académicos, científicos y literarios. Ente los autores que influyeron en su obra literaria están: Emile Zola, Federico García Lorca, Julio Verne, Somerset Maugham, Jorge Amado, Naguib Mahfuz...

*Como conferencista no perdía oportunidad de dialogar con los jóvenes sobre la lectura y sexualidad responsable. S*iempre fue clara y extrovertida, con una elocuencia sagaz, logró captar la atención de su público, auditorios que manejó con naturalidad y liderazgo demostrado. Una ciudadana ejemplar, una gran maestra. una mujer independiente y altamente apreciada por los políticos. Además, una gran cocinera, ambientalista, una extraordinaria dama que supo disfrutar de su vida en familia, sus amados perros y la buena música... ¡Una gran mujer!

ALGUNOS CARGOS RELEVANTES COMO CIENTÍFICA:

En Panamá:
Instituto Oncológico Nacional
1975-1978 jefa del Servicio de Ginecología Oncológica
1982-1987 directora del Instituto Oncológico Nacional
American College of OBS-GYN
1982 vice-Chairan
Laboratorio Conmemorativo Gorgas
1984-1988 Investigadora Asociada
1989 investigadora principal
Sociedad Panameña de Oncología
1987-1989 presidente
Asociación Nacional para el Avance de la Ciencia (APANAC)
1985 directora de Prensa y de 1991 a 1993 vicepresidenta **Fundación Pro-Cultura**
1991 presidenta
Centro Médico Paitilla
1993 jefa del Departamento de Ginecología y Obstetricia
Asociación Nacional Contra el Cáncer
1993-1995 vicepresidenta
Federación Latinoamericana de Asociaciones de Cancerología (FLACSA)
1990-1993 Coordinadora Zona 1
1993-1996 presidenta

En el Extranjero:
Brooklyn Jewish Medical Center (USA)
1966-1972 Miembro del servicio de oncología
Greenpoint Hospital (USA)

1966-1972 Miembro del servicio de oncología
Downstate Medical School (USA)
1968-1972 Profesor Adjunto
Instituto Nacional de Cancerología (México)
1985 – Miembro del Consejo Editorial Revista INC

Legado literario

NOVELAS

El ataúd de uso 1982 Primer Premio de Novela Ricardo Miró, Panamá.

El Señor de las lluvias y el viento 1984 Primer Premio de Novela Ricardo Miró, Panamá.

No pertenezco a este siglo, 1991. Primer Premio de Novela Ricardo Miró, Panamá.

Todas íbamos a ser reinas, 1997. Colombia.

Laberintos de orgullo, 2002. Costa Rica, Colombia.

Suspiros de fantasmas, 2005. Costa Rica.

Historias de Mujeres Crueles, 2010. Panamá

Tocino del Cielo, 2015. Panamá

LIBROS DE CUENTO

¿Quién inventó el mambo?, 1985. Premio cuento concurso Ricardo Miró, Panamá.

La muerte tiene dos caras. 1987. Premio cuento Walt Whitman, Costa Rica.

Semana de la mujer y otras calamidades, 1995. España.

La nariz invisible y otros misterios, 2001. España.

TEATRO

Esa esquina del paraíso, 1985. Primer Premio de Teatro Ricardo Miró, Panamá.

Banquete de despedida. Primer Premio de Teatro 1987 concurso Ricardo Miró, Panamá.

MI$$ Panamá, 1988.
Los loros no lloran, 1994. Primer Lugar de los Juegos Florales México, Centroamérica, Guatemala.

ORIENTACIÓN EDUCATIVA
La costilla de Adán 1980-2004

Algunos Reconocimientos LITERIARIOS

Primer Premio del Concurso Ricardo Miró. "El Ataúd de uso". Sección novela. 1982
Primer Premio del Concurso Ricardo Miró. "El señor de las lluvias y el viento". Sección novela. 1984
Primer Premio del Concurso Ricardo Miró. Quién inventó el mambo. Sección cuento. 1985
Primer Premio del Concurso Ricardo Miró. Esa esquina del paraíso. Sección teatro. 1986
Primer Premio del Concurso Ricardo Miró. Banquete de despedida. Sección teatro. 1987
Primer Premio del Concurso Ricardo Miró. No pertenezco a este siglo. Sección novela. 1991
Primer Lugar del Premio de teatro en los Juegos Florales México, Centro América, el Caribe y Panamá de Quetzaltenango, Guatemala, 1994.
Concurso literario Fullbright. La muerte tiene dos caras. Sección cuento. Primer premio, San José, Costa Rica, 1985
Premio César Escritora del Año, Lo Ángeles, California, Estados Unidos, 1985
Distinguida como Mujer del Año. Medalla de Oro Raquel De León. Federación de Mujeres de Negocios, Panamá 1987.
Socia Honoraria de la Sociedad de Cancerología, El Salvador, 1987

Fue nombrada Hija Meritoria de la Ciudad Capital, recibiendo las llaves de la ciudad el 30 de julio de 1996.

www.ingramcontent.com/pod-product-compliance
Lightning Source LLC
Chambersburg PA
CBHW030811170726
47995CB00011B/455